हवलदार बहादुर और नशे के तस्कर

चित्रांकन:
बेदी
लेखक:
विनय प्रभाकर
पुन: रंगसज्जा:
रूद्राक्ष चौधरी, शक्ति सिंह

टैक्सी गुंडे की कार का पीछा कर रही थी।
उस गाड़ी में कोई अपराधी है साहब?
हां, कालिया डकैत का एक साथी है। आज मैं कालिया और उसके गिरोह का सफाया कर दूंगा।
कालिया डकैत! अरे बाप! वह तो बहुत खूंखार बदमाश है। आप अकेले ही उसका सफाया करने जा रहे हैं?
हां, उसजैसे छोटे बदमाशों के लिए मैं अकेला ही बहुत हूं। आखिर मेरा नाम हवलदार बहादुर है।
वह गाड़ी तो रुक गई है साहब!
तुम भी टैक्सी यहीं सड़क के किनारे रोक दो।
वह कोठी के भीतर जा रहा है। तो यह है कालिया का अड्डा?

हवलदार बहादुर भी कोठी के गेट पर पहुंचे।
अंदर चलता हूं। मुझे देखते ही सब सालों की घिग्गी बंध जाएगी।
जैसे ही हवलदार बहादुर ने कोठी का दरवाजा खोला।
पुलिस!
पुलिस ने छापा मार दिया है।
मुझे तो यह चूहा अकेला ही दिखाई दे रहा है।
चूहा होगा तेरा बाप। हम हवलदार बहादुर हैं, और यहां तेरी खाट खड़ी करने के लिए आए हैं कालिया।
अकेले आए हो?
तो क्या तेरे जैसे पिद्दे को पकड़ने के लिए फौज लेकर आते? सीधी तरह हमारे साथ थाने चल, वरना इस डंडे से इतनी धुलाई करेंगे कि नानी याद आ जाएगी।
इसके पास तो रिवाल्वर भी नहीं है बॉस।
पकड़ लो साले को और मार-मारकर इसका हुलिया बिगाड़ दो।
पकड़ो।

पकड़ कर दिखाओ सालो।
धाड़
आह
फिर बाकायदा लड़ाई छिड़ गई। हवलदार बहादुर ने जबरदस्त डंडा घुमाया।
तड़ाक
धाड़
धाड़
खोपड़ी फोड़ दूंगा।
आ... ई... ई।
तभी—
ओह! कालिया खिड़की से कूदकर भाग रहा है।
ओय, ठहर जा।
नहीं छोड़ूंगा साले। तुझे तो मैं हवालात में बंद कर के सड़ाऊंगा।

ओह! वह तो कार में बैठकर भाग गया।
तभी एक कार वहां से गुजरी।
रोको-रोको।
कार हवलदार बहादुर के पास आकर रुक गई–
हमारा नाम हवलदार बहादुर है। एक बदमाश का पीछा करने के लिए हमें तुम्हारी कार चाहिए। तुम जरा नीचे उतर जाओ।
ओह! दी ग्रेट हवलदार बहादुर। ले जाइए कार।
हवलदार बहादुर ने कार में बैठकर कालिया का पीछा शुरू किया।
साला जेम्सबाण्ड भी मेरी तरह तेज कार नहीं चलाता होगा। खैर, कभी मिला तो सिखा दूंगा उस साले को।
कुछ ही देर में वह कालिया की कार के निकट पहुंच गए।
अब बचकर कहां जाएगा बच्चू? आज तो मुझे तेरी दुम में पटाका बांधना है।
अचानक कालिया ने अपनी कार का रूख मोड़ा।
आंय! यह तो कार जंगल के भीतर ले गया।

हवलदार बहादुर भी पीछा करते हुए जंगल के भीतर पहुंचे—
ओह! हेलीकॉप्टर! तो साले ने भागने का पूरा प्रबंध कर रखा था।
अबे ओये, ठहर जा।
गर्र...गर्र...
हेलीकॉप्टर जैसे ही ऊपर उठा—
पकड़ लिया। हवा में भी तेरा पीछा नहीं छोडूंगा कालिए।
कुछ देर बाद हेलीकॉप्टर ऊंचाई पर पहुंच चुका था।
किसी तरह इसके भीतर पहुंचना चाहिए।
जैसे-तैसे हवलदार बहादुर हेलीकॉप्टर के अंदर पहुंच ही गए।
पहुंच गया अंदर।
ओह! यहां भी आ गया।
नीचे उतार हेलीकॉप्टर, वरना तेरा गला घोंट दूंगा।
न... नहीं... उतारूंगा।

नहीं उतारेगा।
ढिशुम
आह!
ले, मैं तुझे नीचे उतारता हूं।
बचाओ- बचाओ।
जा साले, हवा की सैर कर!
आ...ई... ई...।
नीचे झांकते हुए उन्होंने अपना संतुलन भी खो दिया।
आ...ई... ई...
आ...ई...ई बचाओ... बचाओ...।
फिर उनके शरीर ने धरती पर लैंड किया।
आंय! मैं कहां हूं?

क्या हुआ, यह कैसी आवाज थी?
म... मैं हेलीकॉप्टर से गिर पड़ा हूं साहब।
हेलीकॉप्टर! क्या बकवास है यह?
म... माफ कीजिए साहब। मैं एक सपना देख रहा था। कालिया डकैत का पीछा करते हुए मैं उसके हेलीकॉप्टर में चढ़ गया था और फिर...।
शट अप!
ड्यूटी पर सोते हो और उलटे-सीधे सपने देखते हो, शर्म नहीं आती।
जी साहब!
गलती हो गई हजूर। अब कभी ड्यूटी पर नहीं सोऊंगा। लेकिन वह कालिया डकैत...।
तुम कालिया को गिरफ्तार करने के सपने देखना छोड़ दो, क्योंकि आज सुबह ही वह पुलिस मुठ-भेड़ में मारा जा चुका है।
यह तो बहुत बुरा हुआ साहब। अब मैं क्या करूंगा, किसे गिरफ्तार करूंगा?
तुम्हारी ड्यूटी आज मैं एयरपोर्ट पर लगा रहा हूं। वहां शायद कोई तस्कर अपराधी तुम्हारे हाथ लग जाए।

उसी शाम एयरपोर्ट पर —
दुबई से फ्लाइट आ चुकी है। खबर है कि एक यात्री सोना लेकर आ रहा है।
अच्छा!
CUSTOM
सोना ला रहा है। साले को पकड़कर हवालात में सड़ा दूंगा।
हम खुद ही उससे निपट लेंगे हवलदार साहब।
यात्रियों का कस्टम क्लीयरेंस आरम्भ हुआ।
जाइए, आपका सामान ठीक है।
CUSTOM
एक युवक का सूटकेस खोला गया।
अरे! इतने सारे खिलौने?

अपने भतीजे के लिए लाया हूं। उसे खिलौनों का बहुत शौक है।
लेकिन यह बहुत ज्यादा हैं। हमें इन पर कस्टम लगाना पड़ेगा।
तभी उसके हाथ से खिलौना छूटकर गिरा।
अरे! सोना!
तड़ाक
अचानक युवक पलटकर भागा।
पकड़ो... पकड़ो...!
हवलदार बहादुर ने तुरंत छलांग लगाई।
भाग कहां रहा है साले?
लेकिन वह बदमाश काफी फुर्तीला था।
धाड़
हाय! मरा!
हवलदार दोबारा उठे तो —
हाय! मर गया।
ताड

हवलदार को गिराकर वह दरवाजे की ओर दौड़ा।
पकड़ो... पकड़ो...!
गेट पर चार पुलिसमैन तैनात थे।
उन्होंने बदमाश को पकड़ लिया।
भागा कहां रहा था साले?
नहीं छोडूंगा...मुझे पटककर भाग रहा था। हवालात में बंद करके सड़ा दूंगा साले।
वह सब आप बाद में करना, पहले इसे हमारे हवाले कर दीजिए।
कस्टम वाले युवक को अपने साथ ले गए।
बताओ जी, क्या जमाना आ गया है? बच्चों के खिलौनों में सोना छुपाकर ला रहा था साला।
CUSTOM
यह तो कुछ भी नहीं है हवलदार बहादुर। पिछले हफ्ते यहां एक तस्कर पकड़ा गया था, जो अपने पेट में सोना छुपाकर लाया था।
पेट में? लेकिन उसने सोना अंदर घुसाया कैसे होगा?

उसने सोने के बहुत सारे सिक्के निगल लिए थे।
बहुत चालाक था साला। काश! मैं भी किसी ऐसे ही चालाक तस्कर को पकड़ पाऊं तो फिर अखबारों में मेरा नाम छपे।
यह आपके बस का रोग नहीं है। भूल गए अभी-अभी उस तस्कर युवक ने आपकी कितनी ठुकाई लगाई थी।
चुप रहो जी। वह तो हम धोखे में मार खा गए थे।
हा...हा... हा!
साले मजाक उड़ा रहे हैं। यहां से खिसकता हूं।
ही...ही... ही!
अगली सुबह पुलिस स्टेशन में—
वाह! हवलदार बहादुर, नाक कटवा दी तुमने मेरी। एयरपोर्ट पर उस तस्कर ने तुम्हें उठाकर नीचे दे मारा।
वह सब अचानक हुआ था साहब। मैंने तो उस साले को पकड़ ही लिया था, लेकिन गलती से...।
गलती तो मेरी थी, जो मैंने तुम्हें एयरपोर्ट भेजा। तुम इतनी सख्त ड्यूटी के लायक नहीं हो।
क्या बात करते हैं साहब? अब तो आप जाने चुके हैं कि मैं सिर्फ नाम का ही बहादुर नहीं हूं।
कल की घटना तो यही सिद्ध करती है कि तुम सिर्फ नाम के ही बहादुर हो।
फिर इंस्पेक्टर खड़गसिंह कमरे से बाहर जाने के लिए उठ गया।

कहां जा रहे हैं सर! आपने यह तो बताया ही नहीं कि आज मेरी ड्यूटी कहां है?
मेरी मेज की पहली दराज में एक व्यक्ति का फोटो रखा है, उस पर उसका नाम और पता भी फोटो के पीछे लिखा हुआ है। हमें शक है कि उसका संबंध बच्चे उठाने वाले एक गिरोह से है। आज से तुम उस व्यक्ति पर निगाह रखो। यही तुम्हारी ड्यूटी है।
ठीक है साहब, बच्चे उठाने वाले उस बदमाश की दुम में मैं नमदा कस दूंगा और फिर साले को पकड़कर हवालात में डालकर सड़ा दूंगा।
तुम उसे पकड़ोगे नहीं? सिर्फ दूर रहकर उस पर नजर रखोगे। और हां, सुना गया है कि वह व्यक्ति वेश बदलने में दक्ष है। कहीं ऐसा न हो कि मेकअप करके वह तुम्हारी आंखों में धूल झोंक दे।
ओ.के. सर!
कहकर इंस्पेक्टर कमरे से बाहर चला गया।
हवलदार बहादुर ने मेज की दराज खोली।
तो यह है उस बदमाश की तस्वीर।
इसका नाम इंद्रजीत है। फोटो के पीछे पता भी लिखा है।

आधे घंटे बाद हवलदार बहादुर पठान का वेश बनाए इंद्रजीत के सामने मौजूद थे।
गुरुघंटाल खड़गसिंह का कहना है कि यह बदमाश वेश बदलने में उस्ताद है, लेकिन हम भी उसके बाप हैं।
थोड़ी देर बाद—
यही है इंद्रजीत।
अब मुझे इसका पीछा करना है। बहुत कड़ी नजर रखूंगा साले पर।
RASHAN DI KULFI
TOHFA
बस स्टैंड पर रुक गया है।
अनोखा जीवनदान
कुछ देर बाद एक बस आई।
तू बस में चढ़ या हवाई जहाज पर। मैं तेरा पीछा नहीं छोड़ने वाला।
RL-76
DL1602
फिल्म— आज का भीम
टिकट?
हम टिकट नहीं खरीदते।

क्यों हजूर, क्या यह बस आपके अब्बाजान को दहेज में मिली थी?
ओह! मैं तो इस वक्त मेकअप में हूं। अगर पुलिस की वर्दी में होता तो इस कंडक्टर के बच्चे की सीट खड़ी कर देता। टिकट लेना ही पड़ेगा।
उन्होंने चुपचाप टिकट खरीद लिया। कुछ ही देरबाद इंद्रजीत एक स्टाप पर उतरा।
JANAK PURI
ओह! इस इलाके में तो धनवान लोगों की कोठियां हैं। यह बदमाश इधर किसी धनवान के बच्चे को उठाने तो नहीं आया?
आंय! वह तो एक कोठी के भीतर जा रहा है।
तुरंत ही हवलदार बहादुर की खोपड़ी में बंद अक्ल के घोड़े ने दुड़कीं लगाई।
यह कोठी बच्चे उठाने वाले गिरोह का अड्डा हो सकती है। अब यह देखना है कि इंद्रजीत कितनी देर में बाहर आता है?

आधे घंटे प्रतीक्षा करने के बाद—
एक बूढ़ा कोठी से बाहर आ रहा है।
ओह! यह तो इंद्रजीत ही है। गुरुघंटाल ने सच ही कहा था कि यह बंद मेकअप करके वेश बदलने में दक्ष है, लेकिन यह मुझे धोखा नहीं दे सकता।
हवलदार बहादुर ने उसका पीछा आरम्भ कर दिया।
यह साला गलियों में क्यों चक्कर लगा रहा है? शायद इसे किसी बच्चे की तलाश है, जिसे यह पकड़ सके।
दो-तीन गलियों से गुजरने के बाद हवलदार बहादुर का शिकार एक पार्क के निकट पहुंचकर रुक गया।
ओह! यहां तो बहुत से बच्चे खेल रहे हैं।

फिर हवलदार बहादुर चौंक पड़े।
ओह! वह तो एक बच्चे के निकट पहुंच गया है।
उसने बच्चे के कंधे पर हाथ रखा, लेकिन बच्चा उसका हाथ झटककर दो कदम आगे बढ़ गया।
वह बच्चे से कुछ कह रहा है और बच्चा उसकी बात सुनने से इंकार कर रहा है।
ओह! रुपए दे रहा है।
लड़के ने नोट लेकर जेब में रख लिया और उसके साथ चल दिया।
गुर्र.. गुर्र... मेरे ही सामने बच्चे का अपहरण करके ले जा रहा है। हवालात में बंद करके सड़ा दूंगा साले को।

लेकिन तुरंत ही उनके मस्तिष्क ने कहा—
मैं इस वक्त अपनी वर्दी में नहीं हूं और मेरे पास कोई हथियार भी नहीं है। उस बदमाश के पास तो जरूर चाकू या पिस्तौल होगा, जिससे वह मुझे घायल कर सकता है।
मैं उसका पीछा करता हूं। रास्ते में कोई पुलिसमैन मिलेगा तो उसकी सहायता से इंद्रजीत को पकड़ लूंगा।
BANK
रास्ते में एक दुकान पर बूढ़ा और लड़का रुक गए।
टॉफी का एक पैकेट देना।
एक चॉकलेट भी।
MY LORD
ICE CREAM
तभी—
ओह! वो दो संतरी इधर आ रहे हैं। अब उसे पकड़ा जा सकता है।
COFFEE
वीडियो

और उन्होंने सिपाहियों को रोका।
मैं किशनगंज थाने का हवलदार हूं। इंस्पेक्टर खड़गसिंह के कहने पर मैं बच्चे उठाने वाले एक अपराधी का पीछा कर रहा हूं। उसने मेरे सामने एक बच्चे को रुपये और टॉफियों का लालच देकर उसका अपहरण किया है।
तुम हवलदार हो?
हां, इस वक्त मैं मेकअप में हूं। मेरा नाम हवलदार बहादुर है।
हवलदार बहादुर! वही, जिसने कुछ दिन पहले डाकुओं के बड़े गिरोह को पकड़ा था?
हां, मैं वही हूं।
लेकिन इसका कोई सबूत?
हवलदार बहादुर ने अपना परिचय पत्र दिखाया तो उन्हें विश्वास होगया।
हमें विश्वास हो गया है। कहां है वह बदमाश?
उस दुकान पर लड़के के साथ खड़ा है। तुम दोनों जाकर उसे पकड़ लो।
दोनों सिपाही दुकान पर पहुंचे।
क्यों बे, इस बच्चे को कहां ले जा रहा है?

COMIC HOUSE
अपने घर लेकर जा रहा हूं। क्यों, क्या बात है?
बात पूछता है। साले, बच्चे का अपहरण करके ले जा रहा है, चल थाने!
तुम्हारा दिमाग खराब हो गया है संतरी। यह बच्चा मेरा...।
चुप! जो कहना है थाने चलकर कहियो।
तभी हवलदार बहादुर निकट पहुंचे।
लेकिन इसका असली रूप मैं तुम्हें यहीं दिखा देता हूं। यह साला नकली दाढ़ी लगाकर बूढ़ा बना हुआ है।
आ... ई... ई...!
आंय! दाढ़ी तो असली है।

अबे मार डाला कम्बख्त! आखिर तुम लोग चाहते क्या हो?
बुजुर्ग आदमी को क्यों सता रहे हो भई?
शर्म नहीं आती?
इसने बच्चे का अपहरण किया है।
तुम बकवास कर रहे हो। यह लड़का मेरा पोता है।
हां, यह मेरे दादा हैं।
मैं तो इसे पार्क से बुलाने गया था, क्योंकि यह पढ़ना छोड़कर खेलने भाग गया था।
शंकरलाल जी ठीक कह रहे हैं। मैं इन्हें अच्छी तरह जानता हूं। बरसों से इसी इलाके में रहते हैं। इन पुलिस वालों का दिमाग खराब हो गया है।
RESTAURENT
JEWELLERS
BOOK STORE

यह क्या हो गया हवलदार बहादुर?
शायद गड़बड़ हो गई है।
FASHION POINT
गड़बड़ तो अब होगी। मारो सालों को।
मारो।
मारो... मारो...।
और फिर उत्तेजित भीड़ ने तीनों को दौड़ा लिया।
पकड़ो
मारो।
हवलदार बहादुर बड़ी मुश्किल से जान बचाकर घर पहुंचे।
बहुत बड़ी गलती हो गई आज। मैंने उस बूढ़े को इंद्रजीत समझ लिया। खैर, कोई बात नहीं। कल फिर इंद्रजीत का पीछा करूंगा।

अगली सुबह वह एक नए रूप में इंद्रजीत के घर के सामने मौजूद थे।
आज कोई गलती नहीं करूंगा। इस इंद्रजीत के बच्चे पर कड़ी नजर रखनी है।
कुछ ही देर बाद —
आ गया शिकार।
हवलदार बहादुर ने उसका पीछा आरम्भ किया।
आज भी बस स्टैंड की ओर जा रहा है।
इंद्रजीत बस में सवार हुआ तो हवलदार बहादुर भी उसके पीछे बस में चढ़ गए। इस बार इंद्रजीत जिस क्षेत्र में बस से उतरा था, वहां बहुत-सी कम्पनियों के गोदाम थे।
यह इस इलाके में क्यों आया है? क्या डाका डालने?
DTC
इंद्रजीत एक गली में प्रविष्ट हो गया।
गोदाम

हवलदार बहादुर ने भी लेन में झांककर देखा—
गोदाम में चला गया है।
गोदाम
GODOWN
लोटा भाई मोटा भाई
तभी लेन में एक मिनी ट्रक प्रविष्ट हुआ।
पीं...पीं...!
PUBLIC CARRIARE
हवलदार की नजर ट्रक के पिछले भाग पर पड़ी।
सोना...!

ट्रक एक गोदाम के आगे जाकर रुक गया —
ओह! ट्रक उसी गोदाम के निकट रुका है, जिसमें इंद्रजीत गया है। शायद इस ट्रक में तस्करी का सोना लाया गया है। तो क्या वह साला सोने का तस्कर है?
हवलदार बहादुर ने ट्रक को निकट से देखने का निर्णय किया। लेकिन जैसे ही निकट पहुंचे —
खिलौने?
तो यह बात है। यहां पर सोना खिलौनों में भरा जाता है और फिर उसे देश से बाहर भेजा जाता है। हे भगवान! आज तो मैंने तस्करों के बहुत बड़े गिरोह का पता लगा लिया है।
फिर वह गोली की रफ्तार से गली से बाहर निकले!

बीस मिनट बाद वह इंस्पेक्टर खड़गसिंह के कमरे में आंधी-तूफान की तरह प्रविष्ट हो रहे थे।
धड़ाम
इंस्पेक्टर साहब!
यह क्या बदतमीजी है सरदारजी, कौन हैं आप?
मैं सरदार नहीं हूं साहब।
तो फिर क्या थानेदार हो?
मैं हवलदार हूं। हवलदार बहादुर।
ओह! लेकिन यह तुमने क्या वेश बना रखा है?
यह बाद में पूछना साहब। पहले आप मेरे साथ चलिए, जल्दी।

कहां ?
सोने के तस्करों के अड्डे पर छापा मारने।
फिर हवलदार बहादुर ने खिलौने के गोदाम और सोने के ट्रक के बारे में बताया तो इंस्पेक्टर खड्गसिंह तुरंत उसके साथ जाने के लिए उठ खड़ा हुआ।
कुछ ही देर बाद —
पीं... पीं...
पीं... पीं...
पुलिस दल उस लेन में प्रविष्ट हुआ।
देखिए साहब, वह रहा सोने से भरा ट्रक।
गाड़ियां ट्रक के निकट जाकर रुकीं। तभी खिलौनों के गोदाम से दो-तीन आदमी निकलकर भागे।
पकड़ो।
अरे! वह भाग रहे हैं।

ठहर जाओ, वरना गोलियों से भून दिए जाओगे।
भागने वाले रुक गए।
हथकड़ी पहना दो सबको।
तभी–
धांय
धांय
जीप के पीछे पोजीशन लो, अंदर कुछ और बदमाश हैं।
धांय
धांय
पुलिस ने गोदाम की ओर जवाबी फायरिंग की–
POLICE
धांय

कुछ देर तक दोनों ओर से गोलियां चलती रहीं। फिर बदमाश हथियार डालने पर विवश हो गए।
फायरिंग बंद करो। हम बाहर आ रहे हैं।
सबको गिरफ्तार करके हथकड़ियां पहना दी गईं।
गोदाम की तलाशी ली गई तो एक बोरी से काफी मात्रा में ब्राउन-शुगर बरामद हुई।
ब्राउन-शुगर! करोड़ों का माल है यह।
सर, इन खिलौनों के भीतर भी ब्राउन शुगर भरी हुई है।
तो यह नशीली दवाओं के तस्कर थे। खिलौनों में भरकर मादक पदार्थ बाहर भेजते थे।
फिर इंस्पेक्टर को कुछ याद आया-
अरे हां! हवलदार बहादुर, वह सोना कहां है?

बाहर जो ट्रक खड़ा है सर, उसी में सोने की बोरियां लदी हुई हैं।
तो बाहर चलो।
वह सब बाहर आए।
इंद्रजीत!
MOTA & SONS
अरे इंद्रजीत! तुम यहां क्या कर रहे हो?
करना क्या है साहब? यह गोदाम इन्हीं का तो है। यह भी तस्कर हैं
क्या बकते हो? मिस्टर इंद्रजीत तो मेरे दोस्त हैं और यह एक शरीफ आदमी हैं।
शरीफ आदमी? लेकिन...!

तुम चुप रहो।
इन्हें कोई गलतफहमी हो गई है इंस्पेक्टर। डियर! मेरा गोदाम इसके बराबर में है, जहां मैं यूरिया यानी खाद स्टाक करता हूं।
तुम्हारा गोदाम बाद में देखेंगे दोस्त। पहले इस ट्रक को देखलें। इसमें सोना लदा हुआ है।
सोना? लेकिन यह ट्रक तो मेरा है। इसमें यूरिया की बोरियां लदी हुई हैं।
ट्रक में सचमुच यूरिया लदा हुआ था।
सोना यूरिया।
हां, यह बहुत मशहूर ब्रांड है, सोना यूरिया।
सोना यूरिया
ओह! तो हमारे हवलदार बहादुर ने बोरी पर लिखा हुआ सोना पढ़कर ही इसे सोना समझ लिया था। हा...हा... हा!
यह क्या गड़बड़ हो गई? सोना तो यूरिया बन गया और यह इंद्रजीत इंस्पेक्टर का दोस्त। भला मुझसे कहां भूल हुई है।

इंस्पेक्टर, हवलदार बहादुर की बांह पकड़कर एक तरफ ले गया।
यह क्या चक्कर है हवलदार? तुमने इंद्रजीत को तस्कर क्यों कहा था?
आपने ही तो मुझे उसके पीछे लगाया था। आपकी मेज की दराज में उसकी तस्वीर देखकर ही मैं दो दिन से उसका पीछा कर रहा हूं।

हां, इंद्रजीत की तस्वीर मेरी दराज में है। लेकिन वह तो सबसे निचली दराज में है। और मैंने तुम्हें मेज की पहली दराज में रखी हुई तस्वीर देखने को कहा था।
बस, यही गड़बड़ हो गई साहब! मैंने दराजों की गिनती नीचे से शुरू की और निचली दराज को पहली समझकर..!

हा...हा...हा! मैं समझ गया। लेकिन तुम्हारी इस मूर्खता ने भी काम दिखाया और अनजाने में ही तुम मादक पदार्थों के तस्करों तक पहुंच गए।
देखा आपने पाठको! मैंने सच ही कहा था न कि 'खुदा मेहरबान तो गधा पहलवान'

-समाप्त-